Je veux pas déménager !

For my brother John

Loi numéro 49 956 du 16 juillet 1949 sur les publications
destinées à la jeunesse : mai 2016
Dépôt légal : mai 2016
Imprimé en France par Pollina à Luçon - L76128
ISBN 978-2-211-22768-1

Stephanie Blake

Je veux pas déménager !

l'école des loisirs
11, rue de Sèvres, Paris 6e

Lorsque maman
et papa disent :
« Les enfants,
on a pris une
grande
décision,
on va
DÉMÉNAGER ! »
Simon répond :

« M'EN FICHE ! »

Lorsque papa dit :
« On va avoir
une plus
grande
maison,
ça va être SUPER ! »
Simon répond :
« M'EN FICHE ! »

Lorsque maman dit :
« Tu vas avoir une
grande
chambre
avec un lit en hauteur
et un bureau
en dessous ! »
Simon répond :
« M'EN FICHE ! »

Ce soir-là,
Simon décide
qu'il ne partira pas.
Ils n'ont qu'à déménager
SANS LUI !
Soudain, il entend
de drôles de
petits
bruits...

JE SUIS NÉ DANS CETTE MAISON !
JE CONNAIS TOUTES LES CACHETTES SECRÈTES.
C'EST HORRIBLE, AFFREUX, ILS SONT FOUS !
MOI, JE VEUX PAS DÉMÉNAGER, PAS QUESTION !

Des
sniif!
sniiif!
Des
gloups!
Et de
tout petits
cris
riquiqui.
« Gaspard ! »
se dit Simon
en bondissant
hors du lit.

Lorsque Simon demande :
« Ça ne va pas, Gaspou ? »
d'une
toute
toute
petite
voix,
Gaspard répond :

«Vleu pas dléménazer, moi!»

« T'inquiète !
Avec moi, tu ne crains
ABSOLUMENT
RIEN.
On va se faire plein
de nouveaux copains.
Et puis regarde-moi cette maison,
elle est toute
BEURK KAKADOI ! »
dit Simon.
Alors Gaspard éclate de rire
et dit :
« BLEUK KAKADOIPIPIOLI !!!! »
Et le lendemain matin,
lorsque maman leur dit :

CETTE MAISON EST TOUTE BEURK KAKADOI !
BLEUK KAKADOIPIPIOU !

«Je sais
que c'est difficile,
mes chéris.
Vous êtes
TRÈS
attachés
à cette maison.
C'est vrai que
c'est un peu triste...»
Simon et Gaspard
répondent:

« ON S'EN FICHE ! »